グラス・ランド

水嶋きょうこ

思潮社

グラス・ランド

水嶋きょうこ

目次

III

装画・扉写真＝小林礼佳　装幀＝思潮社装幀室

歓喜とは出て行くこと
内陸の魂が大海へと、
家々を過ぎ——岬を過ぎ——
永遠の中へと深く——

エミリ・ディキンソン

糸のはじまり

アーアー　ウーウー　アブアブ　ウーウー

…………………（言葉の糸が天からおりてくる）

横たわるあかんぼうが
大きく伸びをし
光を　風を　こくんと　指先でつかみ
世界の端からほどける糸を受け取った

喃語　――始まりの言葉
緩やかな波動は雄大な山脈の等高線を刻んでいく

ヒマラヤの麓ランタンコーラではケシ、ユリ、桜草
花々が咲き乱れ空へいっせいに葉を揺らす
飛びだした数頭の子鹿たちが
川を横切り草地いっぱい　駆けぬけていった

ゆらぐ　糸　つかみ
あなたの小さな指先は
青空を掻き　草を切り　水を跳ね

喃語　――未生の言葉
確かな連なりは打ち返す海原を作りだす
波はうねり渦を巻きイルカの大群が壮大な飛沫をあげ

花蓮では緑の絶壁が紺碧の海に　まっすぐに落ち
　上がる無数の泡の底　小魚は眠る卵を吐きだした

体をよじり　一心に
足裏で　空を　波間を　漕ぐ
あかんぼうよ

太古からの　星々が　細胞が
あふれ　つながれ　分裂し
様々の呼び覚ます記憶のなかで
あなたの生は今どの途上を動いているのか

臍の緒で繋がれていた
幾つもの時は
あなたに何を与えたのか

あなたは
今なら何にでもなれる
どこにでも戻れる

手を伸ばし足を蹴り
もっと自由に

草泳ぎ　風渡る
水の匂い
無数の　生と死を
突きぬけて

アーアー　ウーウー　アブアブアブアブ　ウーウー

……………（言葉の糸が天からあふれおりてくる）

零れた無限の糸はうねり
生の胎動となって放流する
神々しい道筋をあなたは
体全体で受け取った

やがて　この世を知った
かた　こと　へと

寝返りをうち　橋を渡し
光呼ぶ　黎明の未来へ

あなたは
光る糸からめ
小さな体を引き連れて

これから
進みだしていく

I

誕生

みどり　さわぐ　ざわめく　なみまをわり
いま　のはらから　とびたとうとするものがいる
まだ　いみなき　かたちなき　ことばなき　ものよ

からみつく　くさをはらい
まぶたひらく　いの　ち　ちがまじり　ほとばしる
かなたから　はがれおちる　こえをあげ
くろぐろと　生の　じょうみゃくの　うずまく
あの　あおぞらへ

（鼓動よ　はやく　おいついて）

あかね　さす　ひのことば　もとめ
かすかな　ゆび　のばし
あなたは　ほそく　するどく　まいたって

東風《こち》

こどもがながれていくよ
むすうのこどもがながれていくよ
とうめいにつらなったかえるのたまごみたいだ

はがゆい　ゆるやかな　ひるま
けらけらとひかり
ながいながい生のかーてんをひきずって
かみをなびかせ　たくさんのすあしが　かけていく

えだが　まい

わたしのゆびさきが　うっすらとあかくなった
あのこのとおったあとは　きをつけて

ゆきとけた　だいち
うずのきれめから　なきがらをわり
さくらそうが　天にむかって　めをだした

かたくり

いちめんにさいたよ
ささやきをまぶし　いっせいに
むらさきのはなの髪　天になびかせ
ふふふふ、かぜにあらがう鬼っこみたいね

かたくり　くりかた　くりごと　ことり　る
かぜにのり　はなのころもまで　おどりだし
もじ　まい　ひかり　こぼれ　おと　まきあがり
そびえる　巨木のえだえだから

つきぬける　あおぞらは
水しぶきあげる鯨があらわれるほど
ひらかれていて

ふりそそぐ　もりの粒子のなか
みどりご　胚子　地をわりめぶくものたちよ
ひのかおる歌を　わたしはたしかにうけとった

成長期

にわのかべをしんりょくのつたがはい
つかむ　こする　のびる　くだく
草のひびきがきこえてくる
まといつくしょくぶつはわたしのひふにくいこんで
みどりがこわかった
はるがこわかった
いきもののひかるうぶ毛がこわかった
あまいぶんぴつのにおい
めぶくあおばのなかで虫たちがしんでいく
ずじょうの雲がはやい

はるのそらが　ゆびさきをひろげ　うごめきだし
かあさんはもういないのよ
なつかしいものはいつもかべをはい
ひかりのなかをすすんでいる

熱帯夜

ばらぶろ　ばらぶろ　よるの　ろてんぶろは
ほしぞらを　いっぱいに　たたずんで
からだをひたす
あしさきからのぼってくるぬくもりの
のうみつなかおりとわたしの息がまじわる
からだの　芯は　とけだして
ねがはえる　かみがまきつく
のびていく　みずを　はね
しん　しん　と

――途上で斬首された　無数の薔薇よ
ふはいする　あついはなびらは
ほうむる　ために　いのる　ために
ほしぞらのはての　さばくへと　ぼひょうへと
ほどけ　ひろがり　ちぎれ　とび

ほうがの　ひとつぶと　なって　のぼるよぞらを
ばらぶろ　ばらぶろ　おんかいをはずし　ながれる
しんたい　さいぼう　すなつぶ　ほしぼし
てんち　あふれ
はなびらは　よぞらはしる　けもののにおいで
そらをきり　爪およぎ
わたしは　ゆぶねの　あつい　しぶきのなかで
まんてんの　ほしぼし　てんじょうから
ほとばしる　はなの　いのちの　きっさきを
ほどける　くちびるで　赤く　のみほしていくのだ

白昼

夾竹桃のはなばなが
しろい裸体を太陽にむけてさらしている
とかげが砂のうえで　尾をまきあげた
ほそい女のひとが
むすめの手をにぎって　坂をのぼっていく
てのひらにあたたかなあせがつたう
へんてつのない昼さがり
（どこかで惨劇はあるのだ）
あかい芙蓉のはなが
すいちょくにゆれ

えいえんへと
ざわめく雲が　そらに
かわいた羽をおとしている

ゆび、び

せんたんからこぼれていく
ちょうつがい　せんす　かんなのおっぽ
どべいのすきまに　ゆびをいれる
ひびはいつも　はきちがえて
せんこうはなびが　はっちゃける
ひっくりかえったむしのあしあと
どびんが　ぐつぐつ　つぶやいている

せんたんからあふれるひ
ゆび、び

つかんだものはあたたかくうちかえし
ひびのこうさのなか　いきつもどりつ
なんど　はきちがえても
むぎのほは　ふさふさとそよぎ
こうしてわたしはすすんでいくんだ
ゆび、び

秋日

すみきったあおぞらのなか
くろがねもちの実がわらい

あかいめだまが
ぱつぱつとはねて

あふれんばかり
ゆらぐ　えだから　とびだそうとする
たくさんのきゅうたいには

あおぞらをすいとった
かたく乱舞するいくつもの宇宙が
はれやかなうずをまいていた

感受

ちは　ながれなくても
たましひ　は　あるのでしょうか
たばねられた藁から　そっと
みえない息をはきだします
息は　白いけものとなって
尾をたて　爪ひろげ
のはら　はしり　かけまわり

ああ、これが　わたしの　たましひ　なの

風わたり　こがねいろの　穂が　なびく
草およぎ　のいばらの実は　はじけ

はなやぐ　森の
ひかりの日

ぼうだいな河川が　まぶしくはねかえり
天からかちんと宝石のはがれるおと

とりたちはいっせいにとびたった
――垂直に

小さく　燃ゆる　ひ
黄金の　田畑

風は大地の傷に
しみわたり

ああ、わたしは　せかいを　みまもる
たった　一体の

しずかに　ほころぶ
かかしです

冬の日に

ひかりわらふ　（ふ（ふ　うごく
うすい　はむらのなかで
たいようをとじこめた黄金の実がうかんでいる
ひまくのなかにはこどもたちが
ちいさな光るからだをぴったりとそわせながら
まだ　ねむっているのだ

かわのながれにただよいながら
いつか
わたしたちは　あわとなって　あそんでいた　ね

　くさはらのしずくをくちびるにうけとめ
　いつか
　わたしたちは　けものとなって　かけぬけていた　ね

風　水　やわらかな羽　ちぢれる　葉擦れのおと
耳のらせんかいだんがみちみちていき
ルルリカ　ルリ　ルリ
かたむく地球のこどうをいとしむように
つつむ果実のにほひ　（ひ
あかあかとひろがって
あのときの　かわが　くさはらが　つらなる　とおくから
よび　さま　され

　　また　あえた　ね

はをおとした　巨木が

ろうろうと　そらをさし
たいようは　てんたかくのぼった
もやをはらうように
こどもたちは　おおきく　のびをし
せかいをてらす黄金の実はいまにもはじけそうだ

冬眠

みをきるような　ゆきふむ　音が
まどのそとから　きこえてきました
骨がからまるさびしい雪原に
じかんのしみこむ音がながれていきます

こんなに夜おそく
あるいているのは
ねぐらへむかう
いきものでしょうか

いきものは

ゆきにうもれた　むすうの　おもひ　を
ふみしめながら
ひとつ　ひとつ　足裏を　まえへ　進めます

雪原に
きしむ　とじこめられた音　が　おち

　遠くから

かあさんの　うつむくこえ　くぐもって
にぎりしめたハンカチが　うすい羽やぶり
いつまでもふるえ

とうさんの　とがったうた　ひびき
せみのような光る背中が　たったひとつ
四角くなって

記憶はわたしのなかで
吹雪となって渦をまき

（わすれないで）

ちいさな　ゆび　たて
はがれるもの

　　つながる

わたしの　あなたの　あなたたちの
それぞれの宇宙が　かさなって
最果ての　白いち　ながす　ゆきはまい

なんびゃくねん　なんぜんねん　なんまんねん　なんおくねん

層はつもり
空のかなた　ふぶく星々を　ひきついで
（わたしは　ここにいるのでしょうか）

まどのそとでは
ふりだした　粉雪とともに
むすうのいのちが　点滅し
再生の　光あたる　春をまちのぞんでいます

えだから雪塊が
ばさりと　おちました
ゆきふむ　けものは
ねどこへと

ひえた足先を

濡れた　けむくじゃらのからだを
すべりこませ　手足をまるめ
日々の負をそっとつつみこむ

春待つ　小さなからだから
だくだくと心音はこぼれ
わたしは　そのみなもとに
鼻先をおしあてます

あたたかな夢のなかへ
ねむりの底へ
まだ見ぬ　いきものと　からまるように
そっと　おりていきました

早朝

わたしの耳をとって　からっぽの
がらすのこっぷにいれた
耳は「耳」になった

きーんと　つめたく
きりがかかり
もりの音がつらなってきこえる

かわのあぶく
おれるえだ　ゆれるつりばし

じめん　まう
むすうのたまご　むすうのはね

ひりひりと　つちがはしっていく
「耳」のあなから　水がわき
こっぷのそこにたまりだした

文字もあふれだし
耳たぶをつたい
すいめんへ　うかんでいく

うるおったこっぷを　てーぶるのうえで
すこしかたむける
文字がうごき　ちくちくと
がらすに　はんしゃする　ひかり

「耳」は　水そこで
まるく　かたまり
とうめいな　しんじゅとなって

まどからはいるこもれびのなか
あさやけのせかいを
いちめんに　のみこんだ

帰り道

夜空の暗闇から白銀の糸がふってきます
手のひらでうけとめると
流れる水が
身体のすみずみをつうかしました

果てのない暗天から小さな更紗が次々とまいおります
肩にかかると
垂直に広がるつめたさが
わたしの足下を照らしだしました

ざくり　ざくり　と
腹をきる音をたて
雪原をわたしはあるきます

こんなにもまっしろな原っぱに
わたしの汚れた
足跡がのこり

雪明かりのなか
光とともに
あなたがたはみえてくるのです
白い　ちち　はは　そふ　そぼ　が

しんしんと　脈々と
さけた暗い大空から

降り続く
降り続け

積み重なるあなたがたの思いに
果てることのできなかったあなたがたの時間に
白銀の糸は天から続き
ふりつもる

いつまでも　ともにある青いともしび
空をまうあなたがたの
ひとひらの幻　うすい指先でも　いとおしい

唇をひらき
わたしは雪をのみこみます
それは　あなたたちの身体　骨　白い灰となり

つめたく　するどく
残されたわたしをつなぎとめ

天上からまっすぐにとどく
最後のあなたがたの切ないことば
ふるえを聞きとって

この世では応えることができなかった
わたしを
罪深いわたしを
誘うように
あなたたちはやさしく生き続ける

一つの息が　いま
暗い天空に翔けのぼっていきました

わたしは
白銀の糸を
たどり続けます

II

（窓際）

キッチンのテーブル、無造作におかれた裁縫箱の隣で何本かより糸がからまっている。窓からの光がこぼれ、ふるえるその先端に触れている。からむ糸はそれぞれの頭をもたげ、どこに向かおうとしているのか。青々とした小松菜をあらったあとの流しの桶に、わたしはたっぷりと水をはった。まきつく撚糸をていねいにほぐし、水のなかにときはなした。細糸はゆらぎ、泳いでいく。窓のそと、ひめしゃらの葉っぱがすずなりにゆれた。部屋の奥、暗闇に、くらしの音がスタッカートににじんでいる。

移動するおと

南天

家の近くの公園から、時々、姿は見えないが、こどもの声が聞こえてくる。声は手のひらに転がる南天のように鮮やかで。蜘蛛の巣となって揺れる、わたしの白い鼓膜にひっかかった。

縁側

縁側で年老いた母が、ひょーん、ひょーん、と両足をそろえて跳びはねている。

「お日様が気持ちいいから。」あっちにいったり、こっちにきたり。軽々としたそのからだは、折り紙のようで。リズムを崩さず、目に見えない線をいとも簡単に飛び越えているのだ。

空豆

はしぶとがらす、めぐろ、もんしろちょう、おながあげは、べっこうばち、すみれ、なのはな、いぬがらし、へびいちご、……。空豆をさやから取り出しながら、いきものの名前を言い続けた。青い匂いが立ち上がり、手のひらに植物の汁が軽く滲んでいく。指先がこそばゆい。爪先から羽が生えるみたい。さやが割れる。青空が広がる。こどもたちの声がはれやかに渡り、今日はいい日だ。

小春日和

レースのカーテンを通し、あわい日差しが入りこむ。誰もいない。茶碗がぶっぽうそう、ぶっぽうそう、ぶっぽうそう、と回っている。

喫茶店

知り合いの女の人と喫茶店でお茶を飲んだ。その人は会社の同僚の悪口を喋っている。喋るたびに、口の周りの筋肉が震えている。わたしは、彼女の後ろの壁に飾ってある絵を見ていた。髪の長いエキゾチックな顔立ちの少女がなぜかピンクのフラミンゴに囲まれている。背後には、青い波のような模様が集まり。絵を見る。波音が聞こえてくる。わたしも、女の人も、少女も、ピンクの鳥も、点々と広がり。波に分断され、日だまりのなかを漂いだす。

車窓

夜、電車に乗って、外を見ていた。ふんわりとした明かりが灯り、窓から家々の団らんの風景がわたしのなかに入ってくる。電車がスピードをあげると、光の線が飛び、家族の姿はちぎれ、流れていく。あたたかなものがなくなっていくようで、いたたまれない。金属の手すりをぎゅっと持つ。さしこむ冷たさが自分をささえてくれる気がして。遠い野原をかける夜汽車の音が指先から伝わってくる。電車の揺れがおさまる。窓を見上げると、暗闇のなかで小さな線が見え、広がり、まっすぐに家々の明かりがまた飛びこんできた。

天啓

葉の落ちた白樺の枝にビニール袋が絡まっていた。日の光に透け、風に吹かれ、袋は微妙に開いたり、縮んだり。そのモールス信号が、犬の背のように健気で。ずっとずっと見とれている。

土手を、歩く

土手を歩いた
枯れたイラクサが
川辺のあちこちで丸まっている
朽ちかけた葦を触ると
指先がべっとりと濡れた
青鷺と白鷺が長い首を羽のなかに埋め
数羽　川のほとりに佇んでいる

川の流れは続いている
うすい日の光に揺れ

川面に漣が走っていく
干上がった近くの河原には
何か詰まった大きな袋が幾つも転がっていて
白い服を着た人が
何人もうずくまっているみたいだ

向こうから歩いて
近づいてくる人がいる
顔は見えない
　こんにちは（マタアイマシタネ）
すれ違いざま小さな声で囁いて
うつむいたまま
かたわらを通り過ぎていく

すれ違ったとたん
ふっと　風は吹き上がり

足下の草むらは割れ
首筋が切れるように冷たい
人の姿は消え　風景もなくなって
そんな気がして
後ろを振り向くことができない

（思い出）

送電塔が何基もつらなり立っている。空を無数の糸のような電線がはしり、切り裂いていく。天空をふるわす風の音がここまでとどきそうだ。幼いころ、野原にそびえ立つ黒々とした巨大な鉄塔の下へはしりこんだ。どこまでものびていく太い鉄柱をながめていると、世界がなくなって塔とわたしだけになりそうだった。手のひらが消えかけていく。つなぎとめようと足下の草の葉にかさねた。夕日が草原をてらし、黄金色に激しく波うっている。わたしは踵をかえし、きた道をもどってはしりだした。草のつぎつぎとうごく気配が糸をふるわし、あのころのまま、追いかけてくる。

わたしだけの甘く秘めやかな場所。それは、家の近くの廃墟前にある草原だった。嫌なことがあると、放課後、いつもひとりその原っぱに駆けこんだ。ヒメジョオン、ノゲシ、コナスビ、ウシハコベ、イヌホウズキ、……。名を呼ぶとゆさゆさと動きだしそうな草に囲まれ、ランドセルを放りだし、その中に蹲る。

草のささやく、うごめく気配が伝わってくる。葉先からこぼれる露。蜘蛛の巣の振動。揺れるくさかげろうの卵。細やかな気配がつながって。渦巻く緑の深淵が、からだをすっぽりと包みこむ。温かな身がうるむ華やぎの時間。その真ん中に座りこみ、わたしは頭上を見上げた。

（シロイオオキナ、サカナノムレ、ギシギシトオトタテル、カイスイガビッシリト、ヒシメキ。）それをわたしは「空」と呼んだ。（クサムラカラヒカル、ワタシヲ、トラエル、スイコム、キエル、サンカクノアオイハタ。）それをわたしは「猫の眼」と呼んだ。

言葉はいつも明るく朗らかで、そして、ちょっぴり遅れてやってくる。わたしは海に浮かぶ胎児のように丸くなる。まっさらなこの世界をのぞきたい、つかみたい。そう、念じ。緑の渦の中心にやってくるギザギザの言葉をからだいっぱい受け取った。夕日を浴びる廃墟も、野原舞う幼い手のひらも、遠く流れ……、

音が消え、凪のように心が静まるとき、暗い世間の荒波をくぐりぬけ、秘めやかな場所が、今も鮮やかに現れる。からだの奥、深い水の底から、野原の草が呟き始め、ふつふつと浮かぶ言葉は藻をくぐり、わき上がり、薄日が射す光のもとへ舞い戻ってくる。波先からこぼれる光、渦、言葉。

海、旗、鳥、井戸、声、森、バス、地平、歩く、飛ぶ、つかむ……。浮き上がる、つながる、草の、水の、土の、人の時間。しっとりと濡れた黒いペン先を押しつけ、わたしは言の葉を原稿用紙に落としていく。風に乗り野原にちらばる光文字、甘い果実の匂いがする。片足を枡目から伸ばす。明日を待つ、うるおう原野に、渇いたからだをそっと忍ばせる。

暑い日には、指先はいつも何かを求めてしまう。かきごおりの入ったグラス。（手のひらに残る冷たさを頬にあてる。）水槽で泳ぐ金魚の尾っぽ。（ピタッとはじかれた感覚がこそばゆいものを連れてくる。）夕立のあと、葉先からこぼれる雨の雫。（手のひらで受け、渇いた口に運ぶと、細胞が浮き立つように次々と開いていった。）西日のあたる部屋に横たわる犬の腹。（薄く軽いひふが指先に吸いつき、鼓動の響きがわたしのからだを包みこんでくれた。）迎えに来た母の指。（夕風の吹く裏通り、母の乾いた指とわたしの指はつながって。二つ並ぶ淡い影を踏みしめながら小走りに帰っていった。）

ジーンジーンと暑い日には、ひふに吸いつく鮮やかな黒白のヤブカを手のひらで叩きつぶした。ちぎれた虫の感触とともにぺったりと腕に赤黒い血がはりついた。わたしと見知らぬ人たちの血が混ざりあっている。乾いた血を指先ではらうと、ものの輪郭が揺らぎ、世界はばらばらになっていく。とびちる。風、飛沫、旋回、扇風機の音。ゆるい夏休みには、世界地図をめくった。好きなページを触り、紙の質感を確かめる。等高線をなぞってみる。ざわついた紙の抵抗を受けながら、指は徐々に舞い上がり、紙を離れ、地を離れ、高く上空へ飛び上がる。光る冷地へ。緑を、冷たさを求め、モンゴルの高原を渡り、雪原のアルタイ山脈を通る。鷹が真っ青な空を飛んでいく。羊を追うカザフ族の優雅な声が響き渡り。白いゲルが点在する。満開に咲くウスユキソウ。その葉先にしたたる雫の芯を触っていく。遠くまで行きたかった。西への涼やかな指の旅。

指先を見る。すりへったひふの山並みのような連なりに、遠い日の感触が滑りこんでいる。今年も暑い夏だ。庭からは、氾濫する緑を潜りぬけ、容赦なく照りつける光が畳のなかへ紛れこむ。熱くなった畳の表面をつつく。川辺に群生するイグサの記憶が指先で動きだす。鋭い葉をなぞった感触。ながれる水の、野の匂い。こぼれる綿のような白い花々。手のひらでつかみ胸にそっとしのばせる。畳の感覚を足裏で確かめ、窓際まで進む。強い光のなかで二つの手のひらをじっと見る。胸の底、くぐもる、さまざまな眠りが小さな羽広げ。こちらを見据える指先の十の顔は、明るいにぎやかな、まだ、それぞれの旅の途上だ。

いただきます。背筋を伸ばして手を合わせて大きな声で言うのですよ。父にいつも言われました。食卓は話すこともなく、張りつめていて。父よ、あなたの咳払いの音だけが響きます。家人はそれぞれの思いを棚に置き、俯くからだだけで座っておりました。

囲む、無垢材のテーブルは、時々木の香りとともに水を呼び、森の大きな池になりました。家人たちの心の襞が人知れず揺れるたび水面には中途半端な漣が動き。だれもそれを読み取れる人はいませんでした。青々とした菠薐草を口に含むと甘酸っぱい湿った水辺がからだのなかに広がります。

いただきます。いただきます。食べることは、美しいセカイを飲みこむこと、綺麗なセカイを受け取ること。だから姿勢をただし感謝の気持ちを持つのですよ。父は八の字のひげを神経質に動かします。箸を持つわたしのなかでぐじゅぐじゅと水辺の腹は痛み、ことばはからだの奥に染みこみました。

柱の陰で音がしました。夢なのか、わたしは四つ足で食べていました。口元であばれているものがいます。唇に血があふれ錆の匂いがしました。歯の力をゆるめると逃げていきそうでした。手足のある緑の生きものです。小動物はわたしを見上げ悲しみの瞳でみつめます。わたしは一気に飲み干しました。きゅるっと声をあげ、緑の生きものはからだの奈落の底にちいさく落ちていきました。

(遠く　丸く　縮まるもの
　テーブルの池はなびきます)

仏間で木魚の大きく転がる音がしました。家人たちが集まっています。皆、喪服を着て白いハンカチを口にあてていました。仏前には、すました懐かしい父の写真が置かれ、女の人たちがお膳の上に精進料理を並べていきました。

今日は何回忌なのでしょう。小皿持ち、冷たい豆腐をするすると口に入れながら、葬儀の日に骨壺に落とした、あなたの曲がったもろい骨を思いだしました。豆腐は錆びた金具の味がしました。醬油と一緒に一気に喉の奥へ流しこみました。かじかんだ味。

（テーブルの池から漣の音がちぎれ
流れこんできます）

セカイは血なまぐさいと今だからわかるのです。瑞々しい生きものの水滴を口に含んだとき、ちいさな叫びとともに奪ったとき、わたしはその脈打つ命をれんれんと受け取っていくのですね。

（雫は　落ち　木々は　濡れ
生きている水　は　あふれ
テーブルの波　は　濁流し）

肺を沈めます。肺を沈めます。わたしはあなたのことばを。骨壺に落ちた骨を。そのさびしい音を。あのときの豆腐の味を。むきあうことのなかった家族との静かな食卓を忘れることはできません。テーブルの漣はわたしを誘い続けます。時を越え場所を越え。背筋のばし、子どもだったわたしに手を合わせ。ちいさな波をたて今日もきっぱりと食卓の前で言いきります。

いただきます
ごちそうさま
やるせない
肺は濡れ　記憶のなかで　うず　まく　水

（大切なものを残してきた）

遠い森の水辺から
こたえる波の声が聞こえます

川面が光る。シラサギがツーッと水面を渡っていく。冬の夕日をあびて職場からの帰り、土手を歩いていた。手のひらになじんだ鞄には書類が入り、さくさくと心地よい音を立てている。自転車に乗った子どもが向こうから通り過ぎ、駆けぬけていく。光に染まる子どもの額には真っ白な汗がはりついていた。風がわたしのスカートを巻き上げる。足下を見る。ゆるんだ足首。指先が土の窪みにひっかかり、少し痛い。もう自分が若くはないのだと思った。髪の長い女子高生たちが、はしゃぎながら向こうから歩いてくる。甲高い笑い声。すれ違ったとたん胸の奥の空洞がきゅんと縮んだ。（この傷はなんなのだろう。）河原の葉が冬の風でちぎれ舞い上がっていく。抗って。川の時の流れに逆らって、わたしの体の奥で渦を巻く芽を伸ばす音立てるものがあり。胸の空洞をつたい、生まれる密やかな水は、襞をめくり流れ始める。

夕餉の支度が始まりだし、土手の下に並ぶ家々の窓にぽつりぽつりと黄色い明かりがともっていく。まな板で具材を刻む音が響き始め。人肌が恋しい。葉が落ち曲がりくねったクヌギの老木に寄り、そっと鞄を置き、大きな幹に両手を当てた。荒れ果てた冬の木の表面は意外にもあたたかく、なかを流れる水がわたしの胸の奥を揺らしていく。身体をよぎる水よ。静かな冬の樹木のなかには猛々しい水が蠢いているのだ。水は水と交じりこぼれ、ごうごうと川へ溢れだすがいい。川の音が聞こえ続ける。時が流れ朽ちていくものがあっても、光を受け風を切り駆けぬけたあの温かな瞬間は、白い雫のように降り積もっていくのだ。自転車が、また土手の下を走りぬけた。風が強くなる。アシ、ハッカ、イヌタデ、川辺の草が絡まっている。町並みや山々が続き、冷気が広がり。どこまでも伸びる重い空。雲が速く流れている。ちぎれていきそうな自分の体を地上に押しとどめる。風が吹く。幹に立てかけた鞄がこそりと倒れた。寒さに耐えるクヌギの根元から、赤い季節外れのひこばえが伸びているのに気づいた。

声

飼っていたカナリアも犬も
死ぬ前は声が変わった
いつもとちがい同じような
甲高い声で呼んでくる
（どうしたの　どこか痛いの）
柔らかな茶色の毛
うすく巻き上がったレモン色の羽
恐る恐るさすってやると
目を細め不規則になる荒い息とともに
確かな熱い体温が手のひらに伝わった

「くくくく　くぇ」
聞いたこともないような声が
かぼそいからだからこみあげ
わたしは思わず手のひらを引いてしまった
一気にせきを切り　刃物となって
ただ死を見つめているだけの
わたしの冷たさをあなたたちは問い詰めていたのか
――引いた手のひら

病院のベッドで母の指先が舞った午後
小さくわたしの名を呼び
手は空をきっていく
それを追い　しっかりと握った
母の指はわたしに絡まり
つながったからだのなかで
湧き上がる　その淋しさに

冷えていくわたしの骨には
かさこそと
遅い光がさしていた

さびた排水溝から
濡れた庭のホースの先から
縁側に立つ男の背中から
あのときの声が　とがめるようにこぼれ落ち
指先で受け止めることはできたのだろうか
流れることも出あうこともできず
消えていったあなたたちの声を

引き出しの隅に
丸くなった毛を、羽を、
見つけることがある
指先でつまみ耳にあてる

空洞からぽつんぽつんとのぼる
水の、光の、骨の、音
「きゅるる　きゅるる　きき　りりりりり」
すきとおる
始まりでも終わりでもない
生きものの言葉が
移りゆく陽の色をにじませている

III

（放つ）

河原に、汚れた荒縄がとぐろをまいておちていた。土手には雑草がおいしげり、しめった草の香りが縄をおおっている。荒縄の割れめに種子がはいったのか、いくつも小さな芽がではじめていた。のびる芽は、育ち、地上に無数の糸をときはなつだろう。糸ははびこり、とどまるために葉をだし花さかせ種子をまきつづける。あたりに人はいない。とぐろまく縄。渦まく風。白い小波が音をたてわたっていく。無数の色とりどりの触手もつ糸が葉さきから、風に乗り、伸び上がり、うごきだし、河原につぎつぎと燃えだした。弾ける音。そのあざやかな幻、野の声をわたしはわたしの胸にひきよせる。

くさはら

よつゆにぬれたよ
しろいかまきりのたまご
おにぐもの巣がしずくをはらみ
しんじゅのたまがたっぷりとゆれていた
くじゃくいろの光がそらのすきまからさしこみ
まきつくあさひをかたさきにうけとった

たのしくてうれしくて
みえないあしで
ごえんだまの穴をすきっぷしたくて

かぜがふくと
にいさんのからだにさわった
ねえさんのくびすじにそっとふれた

ものすごくおおきな光もみたよ
いかりながらわきあがる
くものながれが
みずたまりをわたった
かなしいこえがきこえ
つちのなかですれちがうものが
おたがいをたべていた
たおれた　子牛のまなこ
そのなかにも雨がふりそそぎ

雨　雨　プルームのはねのような雨が
とおいうすばかげろうのささやきをつれて

しぬものはいきる　いきるものはしぬ
にんげんっておろかだね
とりのこされて
おっぽのちぎれたほそい牛が
耳のない犬が
ひとのいないそうげんを
らんらんとはしっていく

まちつづける　まちつづける
まちつづける　まちつづける
わたしたちはいつまでもここにいるから

みどりのけっかい　みどりのまかい
きめこまかくのびる　みどりのレース
つぶつぶの　葉脈　茎　みずつたう子葉
ふえる（きえる）

ふえる（きえる）
それでも
まざりあう　にじむ
みどりのつぶつぶ

ころがったねこのずがいこつに
むすうのどくだみがくろぐろと
こえをあげからまっている

きょうもかたさきに
まっすぐな　あたたかな
あさひがとまった

ことりのこえが
くさはらをおおい
あたらしいつちのかおりだ

あたらしいぬくもりだ
地平へといっきに
のびていく光
また　夜があけて

すべてがほろんでも
すべてがなくなっても
のはらはつづく
世界はしんしんと
みどりまみれ

海底

フルヒハルブルルが
わたしの薄いひふをやぶって
とびだした
つきでた三本の指から
輝くあわをはらい
長い尾をはためかせ
わたしの腹はくすぐったい

海中におどりでた
フルヒハルブルルは

ひをあびて
みぶるいをする　ぷすっと
光る　まっさらなからだの膜がわれ
いくつもの手のひらがとびだした

　フルル　ヒ
　　ハル　ブ
　　　ルルル　ル　　リ

あっ　わかれちゃったよ
透明なからだで
隊列をくみ　およぎだす
海は大きい
海亀のかげが頭上をはしり

きーんとなく白い骨が
いくつも海底にうずくまっている
（どこまでもついていくからね）

光　こぼれる
なみま
天上から
たくさんの粒了をひきつれて
大粒の雪がふってくる

なくなったもの
くちていくもの
その光るからだが
ほどけ　こぼれ
わたしの唇にもおりたった

雪はとけ　しみとおる
底へ　底へ　おちて　よぶ　からむ
わたしの　海の　暗く　砂まきあがる
形なき　底へ

ヘル　ロ　フル

　　リ　リ　　　タカタカタカタカ

クルル　　エ

たくさんの君たちが　つぎつぎと
わたしの腹をやぶってとびだした
三角になったり　縞々になったり
君たちの綿毛は緑のあわをふき

なびく海藻をおおっている
おいで　おいで　温かく
ぐんぐんと　でておいで

わたしは
はるかなスピードで
透明になっていく
乳　はなち
動く　なきがらを
唇にうけ
ひろがって

いくえにも　なみうつ
いきものの予感
水の袋がまじわった
海の雪はふりつづき

白い骨にからまって
潮騒のおとが　耳のなかを
なんどもみちていく

ブレス

部屋の薄い明かりが水面となって揺れている

眠る前
ベッドの上で　自分の手足をみつめる
ほてった身体にたくさんの細胞が　うごめいている

（息をすう）

白い泡が流れ、動きだすものがいる。シダが揺れ、光をともす遠い生物。海のなか、ツノガイは光沢を増し、三葉虫は無数の脚をなびかせている。紅色のウミユリは水流にそよぎ、シカツノサンゴがそっと傾きだす。遠いところから呼ばれるものただようもの。ち、ら、り、ら、れれれ、ら、暗い海中に降る白い雪………。ささくれて。………呼気とともにまっすぐ近づくものがいる………。

ベッドのなかで
寝がえりをうつ　音は聞こえない
夜の大きすぎる沈黙と向き合いながら
漂う　わたしの身体を　たしかめる

（息をはく）

うけとって。ここにいるから。わたしは暗い場所で待ちうけている。………口元から幾つもの泡が零れていく………。水のなかを漂いながらあなたたちが近づいてくる。白いあなたたちがわたしを襲い、変形し融合しわたしの皮膜はちぎれ、分裂する、韜晦する、漂泊する。産声がひらき、ふえて、きえて、ふえて、きえて、ふえて、きえて………りん。ふるえる、カリヨン。泡をよぎる、クリオネ。まっさらな赤ん坊が凜々と手を繋ぎ海中を渡っていく。

眠ることを思う
ベッドのなかの身体を思う
幾億もの幾万もの幾千もの
歩んできた生きもののかたち　なりたち
脱皮した道筋をつたう
　　　　　　　　　　　　　ここは海

（息をすう）

白い背骨をまっすぐに急速に下っていく。つもっていく……。首長竜の遠吠えが、崩れる山脈の稜線が青い卵子が、二等辺三角形のオタマジャクシが。骨のひびの膣の子宮の奥深いところまで一気にもぐりこみ。呼気は浮かび袋となる。億兆の記憶をとび、海流にまざり、温かな放尿をくりかえす。遠い青い丸いうすい数々のつながり。つながる。風。とどまる。真っ白のたくましいひとつの骨。ここは……。

夜は深い　　　　さざ波
ベッドは遡る方舟となっている
綱をほどき　沖へ
動きだす　億万の　てのひら　眠りのなかへ

（息をはく）

足をけり浮き上がる
地球はやわらかな水で満たされている
ケイロレピスの翻る黄金の尾っぽ

殻をつき生まれ出る
地球はあたたかな黒土でおおわれている
ヴェロキラプトルのあおぐ鉤爪

（息をすう）

錨を上げる
眩しい
航海の　浸食の　胸いっぱいの花束を手に取る
出航した船はグアストラマ星雲を渡っている
乗り捨てたベッドはあとかたもなく
漆黒の闇　広大な海原　恐竜の待つ
華やぎの眠りのなかへ

（ブレス）

（息をはく）

（息をすう）

（息をはく）

（息をすう）

（息をはく）

（息をすう）

（ブレス）

水潤う鮮やかな地球はわたしの肺のなかにある

朽ちたソファーにあなたは寝ころび

木々の梢に光みちる午後
あまりにも世界を受け入れて眠りこけているので
わたしはあなたの姿にほれぼれとしてしまった
ひくひくと動くやわらかなピンクの足裏は
この世をそっとつなぎとめ
しなやかな流線形の背骨は
ふるえる不穏な未来を包みこんでいる
目をさまし　ソファーから立ち上がると
大きく全身で伸びをし　髪をかきあげ
ザラザラな舌でわたしを愛撫するようになめて

窓のほうへと進んでいった
これから荒野へ旅立っていくのだ
荒くれた木々のたたずむ森をぬけて
スカートを翻し
足先を傷つけながらしなやかに
腐葉土を　躍りでた木の根を
踏みしめてとびたっていくのだろう
陽光の暖かさを背中におさめ
白いうっすらと伸びた腹に
すれた草花の冷たさを称え
野山を駆けめぐり
はじけた友人たちの笑い声　鳴き声を
うすい肺の袋にためこんで風のなかに
その姿をにじませていく

少女よ

たっぷりと　世界をめぐったら
もどっておいで
外へ開き　ぽつんと切り取られた窓
そこで　わたしは　あなたを待っているから

帰ってきた　あなたを
頬ずりし　だきしめ
柔らかな毛並みに顔をうずめ
今日いっぱいの太陽の匂いを抱き
外部と内部のまだきしみあう
うすい　まざる　桜色の皮膚をさわり
その頭部を　首筋を　指先を　あいしている
大きく伸びた耳を　こくんと折って　あいしている
部屋の窓から
夕暮れの光が射しこんでくる
朽ちたソファー　その上にのる

エメラルド色の瞳は
繰り返す緩やかな日々を焦点に集め
やがて少女のまぶたは下りていくのだろう
ゆっくりとレースの袖を揺らし
ソファーの定位置で手足を伸ばし
かけがえのない一日の　微熱　渦巻く　背中に
時をとめたまま
アンモナイトのマントをはおり　しなやかな尾をなびかせ
何億年も
眠りの彩の階段を
まぶたとともに下っていくのだ
（ひゅうひゅうと　くれゆく　そとは　あわただしい）
風の音　揺らぐ飛沫
混ざる　地の　血の　ちの　匂い

それでも

何年たっても
ソファーのくぼみ
ぬくもりは
青々と

待っているからね

翻る　あなたの後ろ姿は　草むらに消え
わおわおと波となり　まのびする鳴き声
ゆっくりと動く　広がる　気配　動線を
無限の　あなた　あなた方を　受け止め
わたしは朽ちゆくこの部屋で待っている

波動

「またあした」

子どもたちが家々に走っていく
公園にはもうだれもいない
「またあした」
草が風にゆれる
置かれた言葉の波紋が静かにわたっていく
草陰に潜む子どもたちの残り香がはじけ

波うつ落ち葉
通りをいそぐ友達の靴裏

握りしめたボールの肌触り
鉄棒の薄い血の匂い
横たわった地面の温かさ

今日の微熱が、残り香が、子どもたちを越え　広がっていく
（ひかりはからだいっぱいぴょうどうにあふれていた）
つるまめ　ぶたくさ　にしきそう　こまつなぎ
植物は動き夜を呼ぶくさかげろうの卵がふるえている
薄い月が空にかかり　うみおとされた草陰の　小さな球体に
空をおおう星々は映りはじめる

公園を、野原を、満月のかかる空を、
地球をおおう生きものの柔らかな呼気が輪になって流れていく
よるのみみ　よるのくちびる　よるのいき
くさはゆれ　ちぎれ
流れる大気のなかで　ひそやかな渦のふくらみから

こぼれるまっすぐな音をひろう

「またあした」

子どもたちは温かな布団のなかで眠りにつくのだろう
静かな光合成ははじまっている
巻き上がる　今日の光をはらみ小さなからだは
布団の、土の、温もりとともに　まっさらな種子となる
はつがの　ほころび　よろこび　のびるくさ　しろいたまご
子どもたちの夢のなかへ
深みゆく遠い闇は　波打つ野原のように開き
（わたしのおくそこでめばえうごきだすことばがあり）

「またあした」

明日には必ず来るものがいる

*

grassland

エノコログサがたのしげにふわふわのしっぽを揺らし、ハマスゲが線香花火のような花を散らしました。チガヤの穂がわたしの頬をこすり、くすぐったい。土にまみれ、わたしはずっとここにいます。もう手足は動かない。草の葉のとがったするどい感触が、つめたく、体に伝わってきます。もうすぐわたしの体はなくなっていくのでしょう。でもこわくはないのです。みどりがわたしをおおい、みどりがわたしをつつみ、わたしのなかからなつかしい思い出が、あふれるばかり。思いはつぎつぎと葉をだして、野原に芽吹いていくのです。

その　おぼろげな情景を　たどるため
言葉の糸が　空からまいおりてきます

糸はひるがえり

おばあちゃんが毛糸であんでくれた大きなパンツ。体操服にきがえるとき、ともだちに笑われたけど、いつも学校に得意げにはいていきました。おじいちゃんといっしょにオタマジャクシを貯水池にとりにいったっけ。バケツに入ったオタマジャクシをにぎりしめるとぬるっとして心臓がなみうって。父さんのたいせつな馬の置物をこわしておこられたこと。窓から夕陽の入る病室で、母さんはベッドから手を伸ばし、わたしの名前を呼んでいました。

風のなかに、あなたの、あなたたちの、
わたしの、声がまじり
言葉の糸は　その思いと　もつれます

ふりそそいだ糸は、わたしを絡めとったり、緩めたり、苦しめたり、忙しく、いつもわたしとともにありました。わたしは空からおりてくる糸を動かぬ指先で感じます。糸はもつれ、風景はよみがえり、靄のなか。うつむいて泣く母さんの、だまって扉をしめる父さんの、あなたの、あなたたちの言えなかった心根に、かなわなかった願いにそっとよりそいます。言葉の糸は生きている。動いている。わたしの体のすみずみに散りわたり、遠い記憶とともに深く重くしずんでいきました。

さらさらとさらさらさらと

「もう、鉄砲橋では雪がふりだしたね。」「川を火蛍がわたっていくよ。」ささやかな、かそけき、見知らぬ人々の声も聞こえ、あなたたちの言葉にまざり、にじみ、こぼれ。わたしの体をこえて、やがて大地に広々とあふれていくのでしょう。

土に舞う　むすうの声を
糸はひろい
風が　まきあげ

センブリが白い顔をかたむかせ、イヌタデが赤い房もつドレスを太陽にひらき、イタドリは小さな無数の手のひらをほこらしげに立ちあげました。青々とした葉はなびき、草原は波うち、まじり、糸が地をつたい、あなたの、あなたたちの思いとともに広がります。いつのまにか、草むらをわり、しっぽをぐるぐるふって、華やぐポチが走りだしました。草のすきまに、玉虫色の目をみひらいてミイがすわっています。白銀の光舞い、ああ、今、ハクセキレイが飛びたった、

　ちち、ちち、ちち、ちちちち、
　つるるるる、ちち

波立つ、けものの、人々の、いきものたちの声がつづきはじけていきました。糸はゆるみます。糸はほどけます。しめった大地にながれだし。わたしも絡まる糸おとし、たったひとつの名前をおいて、まだ言葉なき、みどり重なる永遠へ。なつかしい、その、いのちのもとへ。根をはなち、葉をひろげ、蔦のばし、だきついて、かたい蕾を小さくおとし、ときはなたれていくのでしょう。

意識はだんだんとやわらいで目の前に白い霧がただよってまいりました。彼方の光がささやきます。その、光へと。わたしは、わたしのぬれた葉の指先を、そっとのばします。地に眠る、草もけものも人々もはざまをなくし、心根のぬくもりだけがつたわって。ここは、あたたかい。草原はなごやかで、たおやかで。形なきいのちがずっと渦まいておりました。

あふれる庭――エミリ・ディキンソンへ

レースの雲　動き　わたしは春に満ちた庭にいる
黄色い花びらを満開に散らす　もっこうばら
流れる時に耐えて　白い無数の
うつぎの小花　が　震えている

るぴなす　おだまき　でいじー　ねもふぃら
うつつに燃える花々をかき分け
蜘蛛の巣が光をつなぎとめる
網目状の幾何学模様はゆれ

うつぎの花　は　ゆれ
花々と　きぬずれの音が　響きあい

わたしの庭に
クリノリンドレスを微かにゆらし
白い服を着たエミリ・ディキンソンが
立ち現れた

〈蜘蛛は銀の玉をかかえる
目に見えぬ手に——
そしてひとり軽やかに踊りながら
真珠の糸を——くり出す——〉

蜘蛛の巣が薄い青空に踊り
光と文字が舞っている
凛と立つあなたは　言葉を思い刻み

見ることも会うこともできぬ彼方の人に手渡そうとする

家人が寝静まったあと
部屋にこもり　ランプの灯りで
無名の詩を書き続けたあなた

庭をめぐり
水に風に土に　あふれる言葉の糸を織りなし
虚空に向かって銀色に燃えるあなたの王国を
たったひとりでつくり続けた

ペンの音はつもり　日々は流れ
男たちの戦場へと向かう靴音が
あなたの髪にも爪にも灯っていく

（あなたの言葉から

抗う強い光を
受け取ることができたのだろうか）

重なる木々の匂い　歩く木立の中でわたしは思う
死後　妹ラヴィニアが整理ダンスにみつけた
一七〇〇篇以上の詩篇を思う

詩篇は生前　発表もされず
暗い箱の森の中で
成熟の時を待ち

残った　数枚の写真
前を向き清楚なドレスに身を包んだ
少女のあなたの身体から
それを見つめるわたしから
花々と　言葉が　蠢きだし

（ざわめく闇の中
あなたを追って
かすかな光の層を
辿り続けることはできるのだろうか）

庭には緑の道が続いている
ディキィンソンの幻影が動きだす
後ろ姿を追い
わたしも歩きだす

今も遠く戦場の音はうねり
頭上には不穏の風吹く
果てのない空がひろがっても
葉叢は藍色にそよぎ
草花から湧き出る言葉が深い水面を保っている

はいごけ　が　濡れ
たまりゅう　が　そよぎ
草の葉が絡み　飛び散る雫
わたしの庭にも小さなさざ波が立ち始める

〈家々を過ぎ――岬を過ぎ――〉
詩人は庭を　波の上を　靴をぬぎすて進んでいく
かるく濡れた裾と自分の足さきを見つめ

時も空間もなく逆巻く花々　草いきれ
白銀の光の泡　放つ　いのちの流れの上に
わたしたちは立ちすくみ
〈永遠の中へと深く――〉

空からあなたの愛した小鳥たちの声

〈おもむろに羽をひろげ〉
〈かき分けるオールよりもそっと――〉
波打つ言葉の海を渡っていく

天から白い糸
小鳥
透きとおる祈りが　降りて
庭は小さな海原となっている

（あなたのように
にじむ言葉の外へ
あふれる海へ
ただ　光を摑みたい）

〈この世界で終わりではない〉
続けること　書き続けること

ひたすら
打ちつける波

流れるいのちを　とどめ
切れた指先を
あなたは
言葉の水に差し入れた

海は豊饒にひらいている
白い指はせり上がり
わたしをも　みちびくように
見えるもの

――低く
　　　　　　輝く羽が海を舞う

ほらね
この世界で
終わりではない

＊〈〉内の詩文は亀井俊介編『対訳ディキンソン詩集』（岩波文庫）より引用
＊クリノリン　十九世紀西洋で流行した、スカートを膨らませるための輪状の下着

水嶋きょうこ（みずしま・きょうこ）

大阪府生まれ

詩集

『七月のたまご』（一九九三年、詩学社）

『twins』（二〇〇六年、思潮社）

『繭の丘。（光の泡）』（二〇一三年、土曜美術社出版販売）

グラス・ランド

著者
水嶋《みずしま》きょうこ
発行者
小田啓之
発行所
株式会社 思潮社
〒一六二-〇八四二 東京都新宿区市谷砂土原町三-十五
電話 〇三(五八〇五)七五〇一(営業)
〇三(三二六七)八一四一(編集)
印刷・製本
三報社印刷株式会社
発行日
二〇二三年五月三十一日